D1252328

Cecilia Blanco
Roberto Cubillas

Pequeñas historias de grandes
MITOS VIKINGOS

Coordinación editorial: Silvina Díaz
Edición: Ana Lucía Salgado
Diseño y diagramación: Ariana Jenik y Roberto Cubillas
Corrección: Laura Junowicz
Producción industrial: Aníbal Álvarez Etinger

© Cecilia Blanco, Roberto Cubillas y Ana Lucía Salgado, 2017
© Editorial Guadal, 2017
Primera edición publicada por Editorial Guadal S.A.,
Humboldt 1550, Ciudad Autónoma de Buenos Aires, Argentina.
Derechos reservados. Prohibida su reproducción total o parcial
por cualquier medio y en cualquier formato, sin autorización
escrita del editor. Hecho el depósito que marca la ley 11.723.
Libro de edición argentina. Impreso en China, en julio de 2019.

www.editorialguadal.com.ar

Blanco, Cecilia
    Pequeñas historias de grandes mitos vikingos 2 / Cecilia Blanco ; editado por
Ana Lucía Salgado ; ilustrado por Roberto Cubillas. - 1a ed . - Ciudad Autónoma
de Buenos Aires : La letra del gato, 2019.
    60 p. : il. ; 20 x 23 cm.

    ISBN 978-987-3994-30-2

    1. Libro de Entretenimiento para Niños. I. Salgado, Ana Lucía, ed. II. Cubillas,
Roberto, ilus. III. Título.
    CDD 793.2054

Índice

4

El robo del martillo de Thor

Cuando el cielo se cubría de densos nubarrones, cruzados por relámpagos y acompañados por el gruñido de los truenos, las personas miraban al cielo con temor porque presentían que Thor estaba peleando con los gigantes. Seguramente el poderosísimo dios del trueno se había ajustado su cinturón, que le hacía duplicar la fuerza, y estaba aplastando a sus enemigos a puro golpe de martillo. Tan extraordinaria era su arma que, por más lejos que la arrojara, siempre volvía a su mano.

No es difícil de imaginar entonces cómo se puso
Thor cuando, cierta mañana, al despertar en su palacio
de Asgard, vio que su martillo había desaparecido.
Del primero que desconfió fue de Loki, el dios del engaño.
Pero —al menos esta vez— Loki era inocente y, para demostrarlo,
fue él mismo a averiguar quién había sido el ladrón.

—Lo tiene el rey Thrym —le explicó Loki a Thor, cuando regresó de
la tierra de los gigantes del hielo—, y puso una condición para devolverlo:
que a cambio le entreguemos a Freya para que sea su esposa.
—¡Debo recuperar mi martillo! ¡Vamos a convencerla de que se case!
—exclamó el dios del trueno, y ambos marcharon rumbo al palacio
de la diosa.

Allí la encontraron, acariciando a sus gatos. En la cabeza llevaba
un casco de guerra y en su cuerpo, un bellísimo vestido. Porque Freya
era la diosa del amor... pero también, una brava guerrera.

—¡Jamás seré la esposa de un gigante! —tan tajante fue su respuesta
que Loki y Thor no se atrevieron a contradecirla.

De pronto, al dios del engaño se le iluminó la cara.

—¡Tengo una idea! —gritó, y dirigiéndose a Thor, le propuso—: ¿Por qué
no te disfrazas con las ropas de Freya y te haces pasar por ella?

—¡¿Quééééé?! ¿Te volviste loco, Loki?

Sin embargo, luego de que Loki le explicase su plan, Thor dejó
que lo disfrazaran. Freya le prestó uno de sus mejores vestidos
y le trenzó los cabellos en un hermoso tocado.

El mayor problema era su gran barba pelirroja. La solución fue ocultar su cara con un velo que solo dejaba los ojos al descubierto.

—¡Yo te acompañaré haciéndome pasar por tu sirvienta! —dijo Loki y se vistió él también con ropa de mujer.

Así disfrazados se subieron al carro de Thor, tirado por dos cabras, y surcaron el cielo rumbo al reino de los gigantes del hielo. Cuando Thrym los vio llegar, comenzó a aplaudir de la emoción.

—¡Ahí llega Freya, mi futura esposa! ¡Preparen el banquete de bodas! —ordenó a sus sirvientes.

Esa noche, sentados a una fastuosa mesa repleta de manjares, las gigantas y los gigantes invitados comían, conversaban y se reían.

De pronto, el rey empezó a mirar raro a su novia. Es que, sin decir ni una palabra, la «señorita» ya se había comido un buey entero y seis salmones de los grandes, sin contar que llevaba bebidos tres barriles de hidromiel. Loki se dio cuenta de que el gigante desconfiaba y, con voz aflautada, le dijo al oído:

—Discúlpela, rey, es que no ha probado bocado en ocho días... ¡por los nervios de la boda!

Thrym cambió la sospecha por ternura, se limpió la boca con el dorso de la mano y se inclinó hacia la novia con los labios fruncidos como para darle un beso. ¡Para qué! Thor levantó la cabeza del plato y lo fulminó con una mirada tan pero tan fuerte que el rey casi se cae de la silla por el susto.

—¡¿Por qué me mira así?! ¡Parece que sus ojos lanzaran rayos! —se quejó.

—Discúlpela, rey, es que hace ocho días que no duerme...
¡por los nervios de la boda! —le explicó la falsa sirvienta.

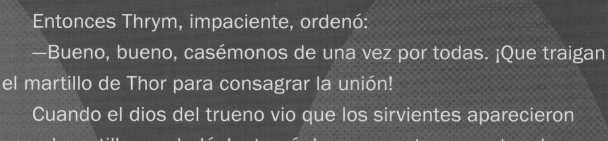

Entonces Thrym, impaciente, ordenó:

—Bueno, bueno, casémonos de una vez por todas. ¡Que traigan el martillo de Thor para consagrar la unión!

Cuando el dios del trueno vio que los sirvientes aparecieron con el martillo, no dudó. Lo tomó de un manotazo y, antes de que los gigantes reaccionaran, comenzó a repartir golpes como un tornado. En instantes, no quedaba gigante o giganta vivos, incluido Thrym.

15

Rato después, el carro tirado por las cabras surcaba el cielo en silencio, de regreso a Asgard. Loki y Thor iban sin hablar, vestidos con sus ropas de siempre. A pesar de que había recuperado su arma más preciada, el dios del trueno conducía con el ceño fruncido, todavía de muy mal humor por haberse tenido que disfrazar de Freya. A su lado, Loki lo miraba de reojo con una sonrisita burlona.

El trabajo de Freya y las valkirias

La muerte no era el final para los que creían en los dioses. Y mucho menos, para un valiente guerrero. El destino para los hombres que —con espada, hacha y escudo— peleaban sin miedo hasta el final, era ir a Asgard, el reino de los dioses.

Por eso el dios más sabio de todos, Odín, siempre estaba muy atento a las batallas que se libraban en Midgard, la tierra de los humanos. Con su único ojo observaba detenidamente todos los combates.

Así estaba cierta vez, sin perder de vista una feroz batalla hasta que terminó. Entonces, gritó con todas sus fuerzas:

—¡Atención, valkirias! ¡Ya es hora!

Al escuchar el vozarrón, se produjo un revuelo en el palacio de Odín: las valkirias dejaron todo lo que estaban haciendo y corrieron a vestirse con sus trajes de guerreras y a ponerles las riendas a sus caballos.

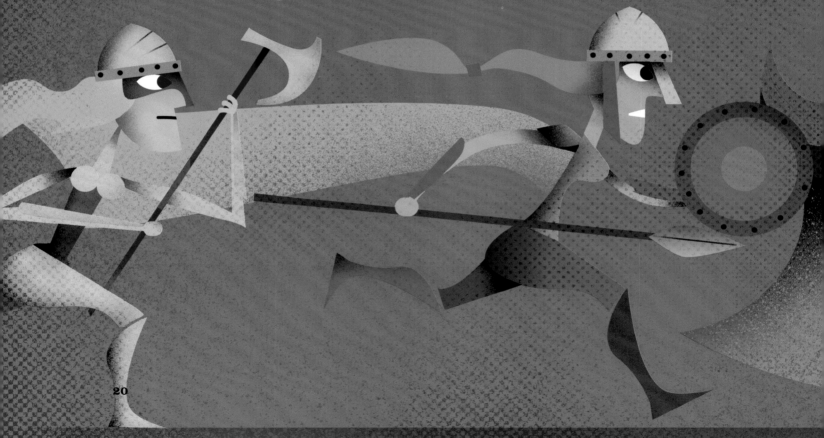

Muy cerca de allí había otro palacio, el de la diosa Freya, que era
la jefa de las valkirias. Cuando ella escuchó la orden de Odín, también
se vistió de guerrera y les susurró a sus dos gatos:

—Atención, mininos, ya es hora...

Los gatos se desperezaron arqueando el lomo, bostezaron
y se acercaron para que su dueña les pusiera las correas. Ellos eran
los encargados de tirar del carro donde iría montada Freya, acompañando
a las valkirias que salían, en ese mismo momento, a todo galope
hacia Midgard.

Ni bien llegaron al lugar donde se había librado la feroz batalla, sembrado de cuerpos sin vida, cada valkiria eligió a un guerrero y lo subió a su caballo. Cuando no quedaron valientes por recoger, regresaron a Asgard a la carrera. Esta vez, el carro de Freya se retrasó un poco en retornar, porque los gatos se habían quedado jugando con las nubes.

Mientras tanto, y como siempre lo hacía, Odín preparaba la bienvenida a los héroes en un salón especial llamado Valhalla. Era un lugar hermoso, con el techo cubierto con escudos de colores. Las mesas estaban repletas de las más exquisitas comidas. Litros y litros de hidromiel llenaban las vasijas. En el Valhalla los guerreros tendrían una vida privilegiada.

Durante el día, se entrenarían luchando entre ellos.
Se darían feroces estocadas y golpes con hachas y espadas.
Pero, por la noche, todas las heridas sanarían sin dejar ni
una cicatriz. Entonces los hombres se sentarían a la mesa
a comer cerdo asado y siempre habría una valkiria cerca para
llenarles con hidromiel los cuernos que usaban de vasos.

En el Valhalla les esperaba la gloria a todos los héroes de las batallas. ¿A todos? No, a todos, no. Porque cuando las valkirias llegaron cabalgando para entregarles los guerreros a Odín, el grito que desde lejos dio Freya las hizo detener:

—¡Un momento! ¡Reclamo que se me entregue la mitad de los guerreros! ¡Me corresponden! —ordenó la diosa.

«Uf, siempre lo mismo...», pensó Odín. Pero como sabía que el pedido era justo, le respondió:

—¡Así será!

De esta manera, la mitad de los guerreros entró triunfal al palacio de Odín, mientras que la otra mitad se fue con Freya. Un poco decepcionados, claro, porque si bien el palacio de la diosa era bellísimo, no tenía un salón como el Valhalla.

Sin embargo, a los elegidos por Freya no les fue nada mal. Ella no creía que solo los hombres valientes podían habitar Asgard después de la muerte: también ciertas mujeres eran merecedoras de estar allí.

Es así que, a medida que morían, las novias y las esposas de los guerreros llegaban al palacio de la diosa para unirse otra vez a sus enamorados. Allí las parejas vivirían felices, exactamente igual a como lo hicieron en su vida anterior.

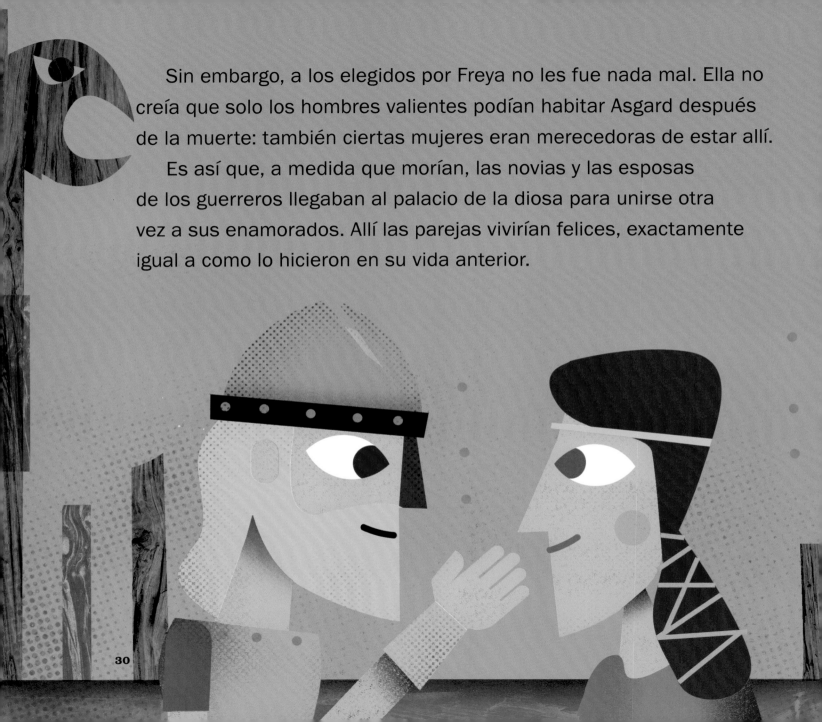

Porque, para Freya, sentir amor por alguien era tan importante como ser un valiente guerrero.

Sleipnir, el mejor caballo

Si había un dios al que le gustaban los animales, ese era Odín. Tenía dos cuervos inteligentísimos, llamados Hugin y Munin, que todas las mañanas enviaba a volar por Midgard. Cuando volvían, al atardecer, cada uno se le paraba en un hombro y le contaba al oído las novedades.

Odín además era dueño de Geri y Freki, dos lobos feroces, peleadores y muy glotones. Cuando su amo se sentaba a comer en el Valhalla, ellos se ubicaban estratégicamente debajo de la mesa. Odín dejaba caer pedazos de cerdo asado y ellos los devoraban antes de que llegaran al piso.

También tenía un caballo, el más veloz que alguna vez haya montado hombre o dios. Se llamaba Sleipnir y era tan maravillosamente extraño como la historia de su nacimiento.

Sucedió que, cierta vez, llegó a Asgard un hombre a caballo. Era un constructor. Los dioses lo recibieron entusiasmados porque necesitaban levantar una gran muralla alrededor de sus palacios, para protegerlos de un posible ataque de los gigantes.

—¿Qué quieres como pago a cambio de construir la muralla? —le preguntó Odín.

—Poquita cosa... —respondió el hombre—. Solo pretendo que me den el Sol, la Luna y a la diosa Freya para que sea mi esposa.

—¡¡¡¿¿¿Quéééé???!!! —gritaron a coro los dioses, indignados.

Estaban a punto de echarlo a puntapiés de Asgard, cuando Loki los llamó aparte y les dijo en voz baja:

—¡Aceptemos! Pero pongámosle dos condiciones imposibles de cumplir: que la muralla la haga él solo y que la termine antes de que empiece el verano. Como no va a poder cumplir el trato, no le pagaremos... y nos quedamos con lo hecho, je, je, je.

Los demás estuvieron de acuerdo con la idea de Loki, quien fue rápidamente a hablar con el constructor.

—Está bien —le dijo el hombre—, terminaré antes del verano y lo haré solo. Lo único que pido es poder usar mi caballo.

—Perrrrfecto —respondió Loki con una sonrisita burlona.

Así fue como el constructor empezó a trabajar en la muralla. Para sorpresa de los dioses, el hombre era rapidísimo y tenía una fuerza descomunal. Su caballo no era menos: iba y venía arrastrando piedras enormes como si fueran terrones de azúcar. Los dioses empezaron a preocuparse y a mirar con enojo a Loki, el de la «gran idea».

Tres días antes del comienzo del verano, la muralla estaba casi lista, solo faltaban algunas piedras. No había escapatoria para los dioses: ¡en tres días tendrían que entregarle el Sol, la Luna y a Freya!

—¡La culpa es tuya! —le gritó Odín a Loki—. ¡Mejor que arregles esto si no quieres el peor de los castigos! —lo amenazó, furioso.

Loki dijo que sí con la cabeza, blanco del susto, y desapareció en el bosque de Asgard. Ahora sí que se había metido en un lío. Pero como no por nada era el dios del engaño, iba a utilizar una de sus arma secretas: el poder de la transformación.

A la mañana siguiente, el constructor iba con su caballo en busca de piedras cuando escuchó un relincho que provenía del bosque.

El caballo también lo escuchó y se detuvo. De pronto,
de entre los árboles apareció una hermosa yegua que los miró
con ojos soñadores, dio media vuelta y desapareció al trotecito.

El caballo se puso como loco. Tironeó de las correas que
lo sujetaban hasta soltarse y corrió detrás de la yegua,
con el corazón latiéndole a mil revoluciones.

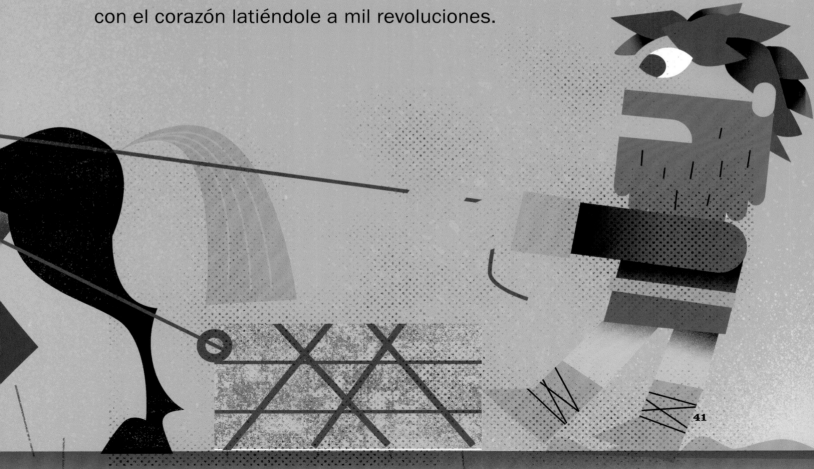

En vano el constructor trató de continuar solo el trabajo. Al ver
que no iba a poder cumplir lo pactado, se enojó tanto pero tanto que
comenzó a gritar, a arrancarse la ropa y a crecer, crecer y crecer...
Así mostró su verdadera identidad: el hombre era en realidad
un gigante de la montaña, que se había disfrazado para engañar
a los dioses y robarse el Sol, la Luna y a Freya.

Al darse cuenta de que el gigante los había querido estafar, los dioses no dudaron en eliminarlo. Fue Thor el que, arrojándole su martillo, lo mandó de un solo golpe derechito al reino de los gigantes.

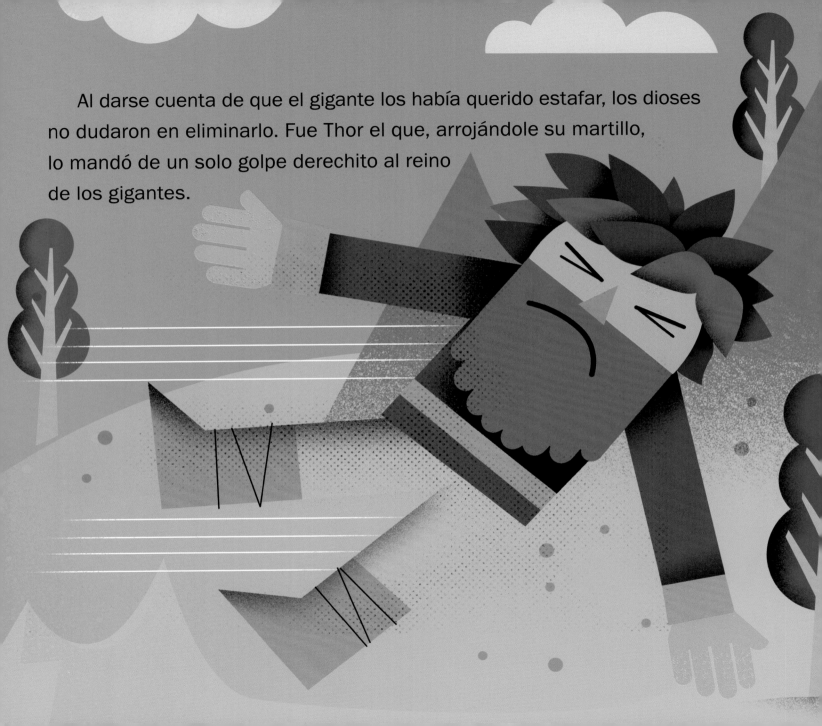

Meses más tarde, reapareció la yegua —que era nada más y nada menos que Loki transformado— y parió a un extraño potrillo de color gris. El dios del engaño recobró su forma, tomó el potrillo y se lo ofreció a Odín.

—El mejor de los caballos para el mejor de los dioses —dijo Loki haciendo una reverencia antes de regalárselo.

Sleipnir, ese fue el nombre que le pusieron, se convirtió en el animal preferido de Odín. Con él, el dios podía cabalgar por tierra, mar y cielo a una velocidad increíble. Gracias a sus ocho patas, el caballo corría más rápido que el viento.

Heimdal, el guardián del arcoíris

En uno de sus tantos viajes a Midgard, cabalgando por el cielo en Sleipnir, Odín llegó a una playa desierta. Pensaba que no la habitaba nadie cuando, de pronto, no pudo creer lo que veía su único ojo: recostadas plácidamente en la arena estaban nueve muchachas dormidas. Eran las Doncellas de las Olas, las hijas de un gigante, el rey del mar. Ellas también eran enormes, tan enormes como bellas.

Como en los fantásticos tiempos de los dioses todo podía suceder, Odín se enamoró de las nueve gigantas... ¡y las nueve se enamoraron de él! Varios meses después, entre todas las gigantas tuvieron un bebé, al que le pusieron de nombre Heimdal. Poco tiempo más tarde, Odín montó a Sleipnir y continuó su viaje, mientras que las flamantes mamás se dedicaron a criar a su pequeño hijo.

Cobijado por las gigantas, Heimdal creció seguro, fuerte y feliz. Tenía el brillo del sol, la energía del mar y el calor de la tierra solo para él. Se hizo adulto a una velocidad increíble y también rápidamente se dio cuenta de que su destino no era vivir en Midgard. Porque él sabía que era hijo de Odín y que su lugar estaba junto a los dioses. Así que, un día, se despidió de las gigantas y partió.

Cuando Heimdal llegó a Asgard, se encontró con que los dioses estaban reunidos junto a una especie de puente de colores brillantes. Todos gritaban y gesticulaban con entusiasmo. Las exclamaciones de unos y otros se mezclaban:

—¡Qué hermoso nos ha quedado, después de tanto trabajo!

—¡Lo llamaremos Bifrost!

—¡Tiene el rojo del fuego y el azul del mar!

—¡Es el puente que nos unirá con Midgard!

—Pero hay que tener cuidado con quién viene de allí...

Heimdal creyó que esa última frase se refería a él. Pero como notó que los dioses no le prestaban atención, se quedó en silencio, escuchando a cierta distancia mientras observaba el bellísimo Bifrost, que no era otro que el arcoíris.

Entre tanto, los dioses seguían conversando entre ellos:

—¡Por el Bifrost pueden llegar los gigantes del hielo!

—¡También los de la montaña!

—¡Y los del fuego!

—¡Necesitamos un guardián que vigile!

—Sí, pero, ¿quién de nosotros puede hacer ese trabajo?

—¡Yo puedo! —intervino el recién llegado, abriéndose paso entre los dioses—. Mi nombre es Heimdal.

Al verlo, Odín se dio cuenta de quién era el desconocido. De todas maneras, para estar seguro de que era él, lo puso a prueba:

—Para ser guardián deberás tener una vista excelente...

—Yo puedo ver a una hormiga a kilómetros de distancia —respondió con seguridad Heimdal.

—Deberás tener un oído muy fino...

—Puedo escuchar cómo crece la hierba o... —Heimdal se acercó
a un corderito que pastaba— ¡o escuchar cómo le crece el pelo a
este pequeño!

—Tendrás que vigilar día y noche...

—Duermo menos que esos pájaros —y Heimdal señaló a una bandada
que cruzaba el cielo.

Odín se emocionó al escucharlo, porque había reconocido en ese hombre fuerte y seguro al bebé criado por las Doncellas de las Olas. Padre e hijo se miraron; se hizo un profundo silencio entre los dioses. Odín se alejó y volvió al rato, con algo en la mano. Se lo entregó a Heimdal, diciendo:

—Con este cuerno deberás avisarnos cuando se acerque el peligro.

Heimdal lo tomó entre sus manos, llenó los pulmones de aire y sopló con fuerza. El sonido que salió del cuerno atronó todo Asgard.

—¡Bravo! ¡Bravo! ¡Bravo! —aplaudieron los demás—. ¡Démosle la bienvenida al nuevo dios! ¡Nuestro guardián!

Tiempo después, Heimdal tuvo su propio castillo, una espada, un caballo, todo el hidromiel y la comida que quiso. También le dieron una armadura tan brillante que algunos lo empezaron a llamar «el dios blanco».

Sin embargo, Heimdal fue el más solitario de todos los dioses. Día y noche, sentado muy cerca del Bifrost, con su cuerno al alcance de la mano, atento al menor de los sonidos, durmiendo liviano y de a ratitos, con la vista fija en el punto más lejano... el guardián del arcoíris estaba siempre alerta.

Al mismo tiempo que vigilaba que ningún gigante
llegara a Asgard, recordaba los tiempos felices
que había pasado en Midgard, y pensaba
en qué lindo sería volver de visita
algún día.

Freya
Diosa del amor.

Odín
El dios más
poderoso.

Heimdal
Dios guardián.

Asgard
Reino de los dioses.

Midgard
Tierra donde viven
los seres humanos.

Doncellas de las Olas
Nueve hijas del gigante Aegir,
rey del mar.

Thor
Dios del trueno.

Loki
Dios del engaño.

Sleipnir
Caballo de ocho patas.

Valkirias
Diosas menores,
hijas de Odín.

Thryim
Rey de los gigantes
del hielo.

Jotunheim
Reino de los gigantes.

Helheim
Reino de
los muertos.

Esta edición se terminó de imprimir en China,
en el mes de julio de 2019.